KB177219

이름을 달고 사는 것들의 슬픔

지혜사랑 233

이름을 달고 사는 것들의 슬픔

박형욱

지혜

시인의 말

시인이 넘쳐나는 이 땅 이 시절에
사람과 사람사이는 점 점 더 퍽퍽해 지는 것 같다는
이웃들의 넋두리가 남의 사정으로만 들리지 않습니다.
하여 생활인으로서 더 열심히 살며
가슴이 따뜻한 사람으로 남아야겠다는 다짐을 다시 합니다.
시인이라는 허명을 쫓아 사는 불나방이 될까 두려워
먼발치서 그리워만 했습니다. 운명처럼 다시 펜을 들 수 있게
이끌어 주신 이태관 시인님과 김규성 선생님 그리고 유종인
시인께 감사드립니다.
씩씩하게 세상을 살아가는데 영감을 주신 논산 진우 형께도
고마움을 전합니다.
공교롭게도 올 해는 밤나무를 심고 가꾸어 온지 만 20년이
되는 해입니다.
나무가 성장한 만큼 나도 성장 했을까 자문 했을 때,
선뜻 대답하지 못 하겠습니다. 이런 나를 다독이며
무한한 신뢰로 지난 세월 무던히 나의 동반자가 되어준 아
내에게
미안하고 고마운 마음과 함께 첫 시집을 받칩니다.

2021년
박형욱

차례

1부

2부

3부

4부

5부

• 일러두기
 한 연이 첫 번째 행에서 시작될 때는 > 로 표시합니다.

10

1부

나무의 부축

나무가 비탈에서도
바로 서는 것은
태양이라는 지향점을 한순간도
놓치지 않기 때문인 줄 알았다

산을 일터 삼아
여러 산을 들여다보니
아니다 그게 아니다
주저앉으려는 산을
나무가 일으켜 세우려는 안간힘이다

무너지며 포기하려는 산을
부축하기 위해
나무는 비탈에서도
수직으로 힘을 쓰고 있다

손잡고 함께 걸어가는
황혼의 동반자는
나무가 일으켜 세운 푸른 산처럼
영원히 젊다

당신도 고생 많았네 그려

일어나 손잡아 주고 싶은
어느 날

눈을 뜨다

태아 시절 감은 눈을
아직 한 번도 뜨지 않는 소녀가
노래를 부르며 웃는다

웃는 법은 어떻게 배웠을까
첫 축포가 터질 때 그 환한 불꽃에 놀랐다

곧 절정의 불꽃놀이를 보며
잠시 마하가섭이* 된 기분으로
나는 샘솟는다는 느낌을 두레박질 하여
한 바가지 정수리 위로 퍼붓는다

꽃망울은 생의 가장 예쁜 꽃을
딱 한 번
팝콘 터지듯 피운다

생의 가장 예쁜 꽃을
딱,
한 번
피우고 싶다

이제 거울 앞에서 돌아서자

눈을 뜨자

생에 딱 한 번
웃다 가도 좋다

* 석가모니의 제자

대竹

봄바람이 카톡을 보냈다
어서 오라고
늦었는지 모른다고

못이기는 척
그대가 머무는 남도로 가는 길
차창 밖
사투리로 적어 놓은 입간판처럼
멈칫, 해석이 필요한 대숲의 언어가 있다

속은 비워도
마디는 채우자
말갛게 닦은 맨얼굴로
자지러지게 웃고 싶을 때만 흔들리자

그대가 불러주는 자음과
나의 신음이 만났을 때
귀가 열렸다
비로소 또렷이 들렸다

동구 밖 槐木처럼
누더기 같은 겉옷만 부풀리며

늙어가고 있던
어느 날

설원雪原
— Tree run ski

색을 비워 가장 빛나는 색이 되는 길
남양인의 눈동자, 그 너른 흰자위 같은 설원의 광채
나는 미끄러져 간다, 우상의 속살로
만지려면 사라지는 터치스크린 매끄러운 장막 위로
체온보다 낮은 온도로 빛나는 먼 우주의 별빛마저
반사하며 멀어져가는 설원은 속이 더 뜨겁다

백기만 흔들다가 녹아버린 사랑
한 자락 기억 속에서 펄럭인다
그래 우리는 넉넉해서 더 가난하다
수화로 건네 오는 우아한 결핍
눈! 저 설원의 흰 눈

갈림길 앞에서 평등한 우리는
흐름에 몸을 맡긴다
나무는 이정표
아무도 가보지 못한 길로
사라지는 법을 배운다

산으로 가는 배
— 카누를 타며

하늘빛 물 위에
몸을 맡긴 구름은
길을 묻지 않는다

백로의 날갯짓
흔적도 없는 허공

수초의 키는 수심을 넘지 못하고
물고기의 한 생을 가두는 물굽이

먼 산 위로 초승달 떠오르면
이 배 또한 산으로 가리

연리목連理木

거리의 행위 예술가
저 몸짓이 상징하는 기호를
마주 할 때마다
불쾌한 상상을 하므로
나는 아직 사랑을 모른다

나는 착즙된 칡뿌리
버섯이나 키우는 찌꺼기

구르는 돌에는
생명이 깃들지 못하듯
역마살 낀 영혼에는
상상의 감옥이 자란다

연연하는
저곳은 징벌방!

소쇄원 대숲1

소쇄원 대숲
숫자1이 숫자0 안에서
빼곡히 자라고 있다
2진법의 세계다

나는 나이고 싶은
욕망과 욕망이 충돌할 때
숫자0은 있음과 없음의 경계에서
2진법의 세계를 가꾼다

수많은 내가
있는 것도 없는 것도 아닌
무한의 영토에서

소쇄원 대숲은
오백년을 셈하도록
틀림없이 푸르다

소쇄원 대숲2

어떻게 살고 있을까
궁금하다 그 녀석
올곧게 살자 침 튀기던 내게
휘어 질레 휘어지며 살겠다던
당돌한 신입생

나는 아직도 대숲 앞에 만 서면
죽창이 먼저 나를 찌르고 보는데
천한 것들의 무기랄 것도 없는
저 단순명료한 죽창이 일자무식 달려드는데

어느 안정된 울타리 안에서
휘어지며 살고 있는 가 후배여
그렇게 살아보니 살만 하던가

자네나 나나 벌써 반백년
살아보니 그 휨이
그렇게 휘어지자는 게 아닌 것을…

대는 나무가 아니라 풀이라지
화초처럼 살아남았다 여기
소쇄원 풀밭!

엄마 탓만 같다

엄마에게 전화를 건다
엄마!
그래
내가 몇 살까지 젖을 먹었지?
왜
엄마 젖이 자꾸 먹구 싶어서
지랄한다
요즘두 산에 가니?
네
추운데… 술 많이 먹지…
엄마 다독이는 소리 뒤로하고
자꾸만 젖을 빨았던 기억을 더듬어 본다
엄마 젖을 더듬는다
기억이 없다
도대체 기억나지 않는다

오래두 간다 이 아이
부족한 건 다
엄마 탓만 같다

안개지대

중년!
불현 듯 확신이 서지 않는
불안감은 안개를 닮았다

교차로 적색신호등 앞
횡단보도에는 녹색등이 켜지고
밀리터리룩 차림에 안전모를 쓴 한 무리가
우에서 좌측으로 건넌다
아파트 신축 공사장으로 가는군

한 차례 신호가 더 바뀌자
반대 편 차선으로 마주 오는 택시 한 대
빈 차다
새벽 택시도 공복이군

짙어진 안개 희미해진 가로등
쇼윈도에는 아직 불이 켜지지 않은 새벽
안개지대는 연극무대

빵 빵 경적소리에도
나는 움직이지 못 했다
아차! 나도 배우였음을

>

때는 늦었다

역할을 더듬는 엑스트라

방향을 잃었다

악몽을 꾸었다

남은 이력 履歷

벽시계가 어느 날 멈췄다

건전지를 갈아 끼우면서
인간 수명도 건전지 같다는 생각에
살아온 이력을 더듬어 본다

십대에는 축구만 했다
이십대에는 이데올로기 과식에
소화불량을 달고 살았다

나머지 이십 년은 산 속을
네 발로 기어다녔다

복기해볼수록
심장을 때리는 맥박
시계불알처럼 살기 위하여
가불까지 했다니

어디쯤 달렸는지
모르고 사는
건전지 위치
가늠 된다

휴~ 아직 뛴다!

임종 연습

바람이 분다
목련나무 낙엽이
유언장처럼 쌓여 간다

사선으로 열린
캠핑카 창 안을
엿보는 보름달
낯빛이 창백하다

아내의 팔베게 위로 누워
젖무덤을 보듬는 밤

여보~ 나 어떻게 죽고 싶은지 알아
어떻게?
이렇게…

평범하게 산다는 것

그저 앞산이나 뒷산쯤으로 불리는
쇠멸해 간 왕조의 잊혀진 무덤 같은
그런 산

그를 닮은 평범한 무덤들이
발끝에 채이며 말을 걸어 온다

여보게
뭘 그리 쇳소리 같은 숨을 내쉬며 가는가
여보게 여보게
쉬어가게 쉬어가

잠시 서서
평범하게 산다는 것을
생각 한다

짐 지워진 나귀처럼 뚜벅뚜벅 걷다가
또 걷다가 한 바퀴 돌아
고즈넉한 산그늘에 몸 누이게 될
삶의 남은 그림자

평범하게 살다가

이 자리로 돌아온다는 것이 서러운 게 아니라
미리 알아 버린 것 같아 울적해 진다

슬픔을 만지다

서성이는 내게
한 마리 노랑고양이
다가와 슬그머니 몸 부빈다
처음 보는 내게 제 몸 내어준다
외로웠구나 측은하다가
그 몸짓 맹랑하구나 웃음짓다가
누구의 것인지 모를 슬픔이 차오른다

마주하는 아무에게나 와락 안겨
위로 받고 싶은 아픔이
귀밑머리 희어 졌다고 없겠는가
풀어내고 싶은 한 덩이 진흙 같은
울음이 누구엔들 없겠는가

마른 울음 삼키며
겨울 냇가를 서성이는 갈대처럼
이름을 달고 사는 것들의 슬픔이
슬픔이 만져집니다

2부

좌우명 座右銘

사람만이 희망이라거나
사람이 꽃보다 아름답다거나
그럴듯한 그런 말 이제 감동 없다

세상은 가슴이 따뜻한 사람이 만들어 간다는
광고 카피를 한 잔의 따뜻한 커피로 마시고 나서
나는 겨우 눈을 뜰 수 있었다

골프를 치고 뒤풀이 하는
친구놈들 술자리에 끼어
관망하던 시절을
통쾌한 드라이버 샷으로 날려버렸다

그건
시를 쓰며 사는 것 보다
시인으로 살고 싶은 결심
내 삶의 궤적이 시가 되고픈
좌우명

호박

이름 값 참 어이없다
오랑캐 胡자 호박이라니
된장찌개와 몸 섞고
반찬으로 보약으로 쓰이며
가시 울 수직 벽
기어코 타고 넘어
산골 초가삼간
주렁주렁 배부르게 했건만
지워지지 않는 주홍 글씨 胡박이다

변방에서 왔다지
이주여성 다문화 가정
새 천년 이 땅에 胡박이구나

농촌총각 귀한 아내다
동글 동글 아이들 엄마다
들녘에 호미다 낫이다

호박만 같아라
보란 듯이 월담하는
호박 넝쿨 같어라

시골 풍경

한 조각 비닐이
통신 선로에 걸려
백기처럼 파닥인다

까마귀 떼 지어 날아오르는
텅 빈 논바닥
버스 정류장에 앉아있는 노인
행선지가 가늠되지 않고

뼈대가 모두 드러난
비닐하우스는
등골이 휘었다

온기를 품어 본지 오래된 온실은
제 이름을 기억하지 못한다

뼈대만 남은 몸으로
시골 풍경은
치매를 앓고 있다

풍등

보름달이 뜰 때마다
올려 보내는 편지
답장은 뒤뜰에 삐라로 쌓이고…

그래 그 말을 그냥 믿어버릴까
그만 자수를 할까
빚을 보내 빚으로 돌려받는 암울한 쳇바퀴

아무것도 바라는 게 없어
그 무엇에게도 덜미 잡힐 일 없는 헐헐한 경지
그마저 바라지 마
이런저런 시시한 생각과 단꿈을 거래하다
맞이하는 새벽

우유 배달원 뒤를 밟아온 黎明이
동쪽 창 블라인드를 빼꼼 들추며
光明을 찾는다

대답은 듣지도 않고
한 곽 오늘을 넣어주고 달아나는 내일

오래된 유산

팔려나갈 알밤을 골라
선별기계를 돌린다

소 중 대 특

작은 것
중간 것
큰 것
특별히 큰 것
차례로 제자리 찾아간다

큰 것보다 더 특별히 큰 것은
언제부터 누가 만들었을까

무등 위 천왕의 등극
참으로 오래된 유산
뿌리 깊은 남도
무등산에서 깨닫다

세월호

세월은
제 몸에 각주刻舟하고*
세월 속으로 숨어들고 싶었겠지만

손과 손을 잡고
섬과 섬들이 부표처럼 떠 있다

부표는 망각을 경계하고 싶은
파도 위의 등대

겨울 팽목항
기억을 건져 올리려는 낯선 어부들
울렁이는 파도 위를 응시하며
통발을 당기고 있다
망각을 건져 올리고 있다

만선이어라
어미의 손을 놓쳐버린 미아들로
통발 마다 가득 들어가거라
맑은 공기 편히 들이킬 수 있는 갑판위로 올라와
펄덕펄덕 살아 숨 쉬며 씨끌벅적 소란을 피우거라
그렇게 신명나게 만선이어라 제발!

* 각주구검刻舟求劍에서.

가도 가도 시작이 반

풀을 깎는다
개도 엎드려 쉰다는 삼복더위에
예초기를 맨다

시작이 반이다
마음을 다잡고
내려놓고 싶을 쯤
다시 시작이 반

노동의 기쁨까지 가려면
얼마나 남았나

지게질 능력에 따라
머슴 연봉이 달랐다는데
어찌 땀방울 무게는 지폐보다
가벼워만지는가

가도 가도 시작이 반
런링머쉰에 올라탄 이길
언제 다 가나

찐드기

밤을 줍다 보면
매년 진드기에 물린다 그
가려움은 당해 본 사람만이 알지

찐득이
짜장면은
어떤 쎈 구석에 대한 스타카토

영화 터미네이터의 액체 로봇에게
쫓기는 장면을 떠 올려 보라
단순 무뇌아로 보이는 놈이 주는
냉혈한 공포감

그런 놈들이 나타났다
물어뜯는데 특화된 기계
형체를 바꾸어가며
어떤 상황에서도 살아남는 불사신

사람들은 그 놈들을 지금
떡검 혹은 개검이라 부른다
그 옆에 판새 기레기는 덤!

개 전문가

개가 대세다
역할에 꼭 맞는 대접을 받는 것에
나는 불만 없다
이를테면 최상급 긍정 표현에다
접두사 개를 붙이는 것 까지도

개 재밌으니까
개 발칙하니까

좆나가 개에 밀려 사라지고 있는 게
꼭 내가 꼰대 편으로 밀려 나는 것 같아
좆나 서글플 뿐

백번 양보해도
도무지 적응이 안되는 게 있다
밥 주는 놈만 주인으로 모시는 근성 말이다
밥만 주면 충성하는 유서 깊은 근성

TV 종편 뉴스를 볼 때마다
전문가라고 하는 개들과 마주친다
개 거품을 물고 개소리를 짖어대는
너희들에게

이 시대 최상급 월계관을 씌워주마
이 개전문가들아!

투표전投票戰

낮 나비
밤 나방
꿀을 빨기 위하여
높은 곳 등불에 닿기 위하여
접점이 없는
비방의 춤을 춘다
제 손 먼서 잡아 달라며
난무亂舞 한다
어지러울 수밖에
기다릴 수밖에
꿀을 다 빨고 빛이 다 사라져
석삼년 여길 다시 찾을 일 없을 때까지
창백한 빈손 다시 내밀 일 없을 때까지
부활하고 싶은 투석投石의 형벌
찬성한다면 내게 투표하시라!

참나무

가난한 노동자의 헤진 외투 같은
검고 투박한 옷을 입고
비틀리며 서 있는
참나무
동학혁명 리더들의 조각상을 만난다
오귀스트 로댕의 '칼레의 시민'을 본다
조선의 민중과 프랑스 칼레의 브르주아
함께 서 서 마을 어귀 길목을 지킨다
어울릴 수 없어 보이는 것들의 연대가
말해주고 싶은 속뜻을 읽는다
우직한 사랑의 힘

고라니

미스터 프레지턴트
울음소리가 들리는가요
불화살이 날아와 가슴에 박히는 비탄이
들리지 않나요 포성처럼 점 점 더 가까이

뿔을 가질 수 없는 자의 태생적 슬픔은
삼류 배우의 고독사처럼 사치스럽다
절정에서 자결 해 버린 아이돌 스타는
슬픔마저 고귀하지

미스터 프레지턴트
자동차 불빛 앞에 멈춰 선
고라니의 눈빛을 마주 해 본적이 있나요
갈길 모르겠으니 차라리 죽여 달라는 애원을

고라니 저 온순한 것들이 로드킬 로드킬
순교 합니다
go!라니 go!라니
대한민국 이대로 go라니!

비트코인

돈에 놀이가 따라 붙으면서
천국으로 가는 문이 좁아졌다면
놀이에 돈이 따라 붙는 이 시절은
출구 없는 막장인가

알밤을 채집하며 사는 나와
폐지를 수집하는 노인의 머리로는
채굴 한다는 가상의 화폐가
땀방울보다 비싼 이유를 모르겠다

개미굴 같은 갱도안의 미로
matrix 속의 미아
출구를 찾지 못하는 Neo
자본의 막장 안에서
혼돈에 빠진 우리
아니
설마 나 혼자
섬뜩해지는
지금 여기는 어디?

3부

어떤 시 낭송회

이름이 별이라 했다

술병에서 별이 떨어진다는*
싯구가 있다고 말해 줬다

고향은 목포라 했다
나도 고향이 목포라고 농을 치자
목포 사투리 한마디 해보라고 했다
그래서 목포에 눈물을 불러 줬다

까르르 별이 웃는다

웃다가 오빠, 술병에서 별이 떨어진다는 말이
계속 귓전에서 맴돈다며 주름 잡힌 얼굴을 하기에
인생은 잡지의 표지처럼 통속한 거라 대답해 줬다*
별이 묻는다
통속하다는 게 뭐냐고

두 개의 바위틈을 지나는 지폐 한 장에
호 호 호 별이 다시 청춘을 찾는다

울다가 웃다가 울다가 웃다가

모래시계의 모래가 바닥나고
시계를 뒤집어 놓을 힘이 없다고 고백하자

딸랑 방울소리를 울리며 별이 떠난다

페시미즘의 미래는 남아
술병에서 부서진다

* 박인환의 시 「목마와 숙녀」 중에서.

낭만에 대하여

논둑길 산책하고
돌아오는 길
바짓가랑이에
도깨비바늘 붙었다

낭만적이다 그놈
제 운명을 낯선 이에게
모두 던질 수 있다니

나는 달리는 만주행 열차를
바람의 속도로 올라타는
협객 시라소니를 태웠다

도시로 나가고 싶어 안달난
시골 처녀를 유혹하여
달아나는 바람둥이

논둑길 다 빠져나와
시멘트길 위에 떼어 놓는다

싹 틔울 수 있을까 그들
나는 눈 감아버린다
낭만적이어야 하므로…

아내의 문

연애시절 눈빛만 봐도 열렸다

신혼 초 터치스크린 방식으로 열리다
언젠가부터 비밀번호를 눌러야 열린다

어쩌냐? 이제
비밀번호를 잊었다

바람의 노래

내게 착한 아내가 있어
내 곁에 오래 머물 수 없다는
착한 여자들이 슬프다

물 풍선 마냥 말랑한 너의 유방으로
나를 꼬드겨다오
야반도주라도 하여 저기 저 남쪽
사계절 꽃이 지지 않을 것 같은
통영 바닷가 어디쯤에서
하루 종일 파도를 희롱하는
따개비처럼 살아보자

밥주걱에 말라붙은 밥풀데기 같은
미련 따위가 우리를 배부르게 한 적이 있는가

헤집어 볼수록 더 붉고 뜨거운
화롯불 같은 묘령의 계곡으로
나를 유혹해다오

아 아
봄 여름 가을 겨울 사계절만 이라도
미친년의 헤픈 웃음처럼 살다가

십이월의 자귀나무처럼
잎사귀 다 떨어져
깊은 밤에도
우리의 열애를 증명해 보일 수 없을 때
쓸쓸히 잊혀지자

고드름

내 마음 한꺼번에
모두 녹여 보낼 수도 없고
매달린 처마 끝 손 놓아
부서질 수도 없어
냉정과 열정사이
외줄을 타고 내려오는 고드름

한 번에 단 한 방울
내 마음 녹여
너에게 다가 가려면
다시 긴 한숨 멈춰 서 서
얼음이 되어야 하는

위험한 사랑
고드름 같은 사랑

창밖의 여자

창 밖으로 성애 맺히고
창 안으로 이슬 흘러내리듯
너는 차갑게 떠나고
나는 이슬에 젖는다

주머니 속 손난로처럼
뜨거울수록 금새 차갑게 식을 것 만 같아
더욱 꼭 움켜쥐고 싶었던 너

침대 위 이불 속
너의 체온이
아직 깃털처럼 남아 있는데

창 밖으로 너는 떠나고
나는 남는다

성애는 등을 보이고
이슬은 안으로 흐른다

길동무

목적지가 같지 않아도 좋다
같이 걸어가는 동안만이라도
두런두런 의지가 되는

갈림길 만나면
잘 가라
선상해라 다독이며
손 흔들어주는

먼 길 떠나는
강물처럼 의연하게

굽이굽이 고비 길
어느 간이역에서
다시 만나면

반갑구나
꼬옥 껴안으며
등 토닥이고
밤 새워 여독을 보듬는

길동무 같은

그런 사람

그런 사람이
너였으면
너였으면 좋겠다

안마 시술소

너의 가명은 하늘

하늘이 별거냐
뭉친 곳 풀어주고
아픈 곳 살펴주면 하늘이지
그래서 온전히 이 한 몸
기대고 맡길 수 있으면 하늘이다

구두 한 켤레 값으로
나는 하늘 위를 걷는다만
너에게 꼭 맞는 구두는 어디에 있을까
바닥보다 더 낮게
축축한 습기 스미는 삶을
얼마나 더 견뎌야
상상으로도 가둘 수 없는
네 속마음 같은 하늘을 볼 수 있을까

돌아눕자 하늘아
오늘은 네가 땅이고 내가 하늘이고 싶다
신데렐라의 구두를 신고
밀실 문을 열어젖히고

>
긴 복도 끝 계단을 뛰어 내려가
네 맘속의 하늘을 껴안아 주고 싶다
그렇게 너를 안마 시술해주고 싶다

권태기

의도된 무관심보다
의도하지 않은 무관심이 더
절망적 이지

거실 한쪽에서
서서히 말라가던 화분하나
회생 가능성이 없어 보일 때
대문 밖으로 나올 수 있다

위반을 결심한 순간
빨간불이 파란 신호등으로
바뀌어줄 때처럼
미필적고의를 교환한 거다

뒷골목 주점 구석진 자리
닉네임들이 정모를 한다
권태기 안전한 일탈을 꿈꾼다

목백일홍
─ 윤증 고택에서

하아~
매미들 짝짓는 노래
절정인 여름 한낮

낙향한 노老 선비님은
계곡으로 천렵을 가셨나
기와지붕 담장 안에
들리지 않는 헛기침 소리

몰락한 양반가 별당아씨
어찌어찌 몸종이 된 걸까
수심 깊은
고택 연못가 목백일홍
연지 빛 꽃잎술보다
놋그릇 빛
매끈한 살결에 끌려
나는 그만
나도 몰래 그만

뒷산 대 숲에 숨어들어가
하악 하악 살 섞고 싶은...

극형의 죄를 품는다

무인텔

자발적 유폐의 시간을 갈망하는 자는
백기를 쉽게 흔들지 않는다 오히려
남루한 뗏목마저 스크린 셔터 안으로 감추고
행여 우연한 탈출 기회마저 스스로 봉쇄한다
불온한 시선으로만 보지 마시라
세상은 이미 오래전부터 무인텔
버스 한 정거장마다 지켜보는
무인카메라만이 완벽한 시민이다

서 서 오줌 누는 여자

가끔 숲에서 배설을 한다
귀를 쫑긋 세우고 눈알을 굴리며
사방을 경계하는 산토끼가 된다
야생성이 튀어나오는 쾌감

서 서 오줌을 누는 여자
유튜브 소식을 흘깃 본다
풀을 뜯으며 태연히
오줌을 싸는 암소처럼
육감적으로

변기가 더러워진다고
남자도 앉아서 오줌 누기 운동에
찬성 하는 아내를
아프리카 가나로 보내고 싶다
그곳 여자들처럼
so cool!한 여자로 바꾸고 싶다

보름달

밤하늘
까아만 먹지 위에
동그란 촛점 하나

돋보기로 촛점을 모아
먹지를 태우며 놀던
어린 시절이 생각나고
점점 더 옛날 생각이 나고

함께 머릴 맞대고 궁리하던
친구들 모두 어디로 갔나

같은 곳을 바라 봐 주던
옛 사랑은
어느 하늘 아래서
딴청을 피우고 있는가

세월이 가면
촛점에도 온도가 없구나

기다려도 기다려도
타 오르지 않는 보름달

진달래

꽃향기보다 꽃의
가지를 톡 하고 꺾을 때
코 끝에 어렴풋 감기는
풋풋한 살 내음이 더 좋았다

목욕을 하고 옆에 눕는
몸에서 그 향기를
다시 맡을 수 있던 밤

제 몸이 무기가 될 수 있음을
너무 일찍 알아차려버린 것 같은
동창생 계집애

그중에서도
야간 자습을 끝내고 들른
오락실 앞에서
오토바이 뒤에 매달려
어둠 속으로 사라져 가던 그 애

정애야~
어느 양지바른 둔덕에서
뿌리내리고 아이 기르며
잘 살고 있는 거니?

빼앗긴 우울

가까이 있어서
더 외롭게 만드는
가까이 있는 것처럼 보이지만
실은 닿을 수 없이 멀리 있는
달의 뒷면 안드로메다 은하 같은
그렇게 아무렇지 않게
나를 외롭게 만들 수 있는 너

별자리를 찾는다
누워 천상지도를 펴고
왔던 곳으로 돌아가려는 듯이
별자리 지도를 살핀다
아주 돌아가려 한다

그게 두려운건 아냐
이번만큼은
내가 먼저 외로움을
선물해 주고 싶었는데

나보다 우울했다니
나보다 먼저 우울증을 진단 받다니
졌다는 열패감에
더 아래로 꺾기고 마는 내 모가지

4부

건기 캄보디아

건기 아니면 우기
단순해 보이는

사람들이
살만해 보이거나
살만하지 않아 보이거나

거리의 나무는
열매들을 옆구리에 매달았다
붓다의 어머니 마야처럼

죽을 때까지 가난했다는
화가 이중섭이 여길 다녀 간 걸까
꼭 그의 흰 소를 닮은 것들이
마른 논 볏짚 그루터기를 뜯고 있다

차량 사이사이로
조랑말처럼 몰려다니는
깡마른 오토바이 떼들과
호텔 수영장 주변 화단에
수도꼭지 물을 틀어주는 아가씨는
돌아오는 우기를 기다릴까

달러가 무정란 마냥 굴러다니는
캄보디아 건기 나 혼자
걸어 보고픈
빗속의 앙코르와트

두릅을 꺾으며

두릅 모가지 댕강 꺾이는
봄은 요절입니다
여린 것은 여려서
순한 것은 순한 것이어서
어쩌면 철없는 것들의
뜨악한 기절놀이 같은
봄은 요절입니다

순덕 고모
승환 외삼촌
문호 용환 진용 재원…
철 이른 꽃놀이 귀천 행렬을 따라간 이들을
호명해 봅니다

마침내
오늘 아침
다섯 살 준우 아빠
역주행 교통사고 사망 소식이
두릅을 꺾는 손맛을 저리게 합니다

오늘부터 내게
봄은 소슬한 절명입니다

분꽃 시집살이

여름 날
소낙비 내린 뒤
쏟아지는 햇살은
의붓에미 종주먹보다
매섭고요

유지매미 지글지글
한 종지 기름을 두르면
감자전 부추전 노릇노릇
익어갑니다

꽃 대궁 그림자 길어질 때쯤
낮잠 자던 분꽃이 하품을 하면
기다렸던 시어머니
아가~ 보리쌀 앉혀라
일러 주었답니다

분꽃 같이 예쁜 시집살이
첨 들어보지만 정말 첨 들어보지만
있었답니다 정말 그랬답니다

질항아리

마당 한켠
질항아리 뚜껑 닫았다

똑똑똑 노크해보려다
아차 싶어 손 거둔다

항아리에게 뚜껑은
문이 아니라 마개

동안거 결재 들어간 스님
정월보름 해갯날 가부좌 풀 듯
때가 되면 열고 나오시겠지

두드려 말 걸고 싶었던
시인의 방

그냥 두길 잘했다

먼 길 돌아오는 바람

바람의 결이
바람의 품격이다
먼 길 돌아오는 바람일수록
그의 음계는 낮은 음 도에 가깝다
채도는 거울 같고 질감은 강아지 꼬리다
앙살맞은 대숲마저도
그가 지날 때는 소리 내지 않는다
그리는 풍경은 얼핏 움직임이 없는 정물화
그러나 바람의 심장은 멈추지 않아
게으른 시인의 쌈지돈이 된다
엄동설한 발 끊긴 법당
뒤뜰 처마에 풍경 소리다

겨우살이

참나무 옥탑방
겨우겨우 셋방살이

먼 먼 옛날
네 고향은 바다였을까

뿌리 잃은 슬픔은
그리움을 키우고

수평선이 보이는
망루에 올랐다

일만 년이 지나도
흔적은 남는가

해초처럼 퉁퉁 불어
점액질 어란을 키운다

단풍

곱게 물들어야
쉬이 건널 수 있는 생이 있으니
나도 단풍처럼 곱게 늙어가고 싶다

가슴에 멍 한 번 들어보았다고
고개 끄덕이지 마시라

물든다는 건 곱게 물든다는 건
먹물 스미는 화선지처럼
스스로 깊어지는 것
하얀 눈 위로 떨어지는 핏방울처럼
튕겨 낼 수 없는 온전한 수용

노을 물든 새털구름이
눈물 뿌리며 서산을 넘은 적 있는가
제자리에 다 벗고 가는
헐거운 이별을 닮고 싶다

평균대

균형 잡기 위해 흔들린다
그러니 흔들리게 둘 것

담장 위를 건너는 고양이처럼
보폭보다 보정이 중요하다고
믿고 싶은 순간

튀어 오른다!
공중에서 뒤로 두 바퀴 반
절정은 착지보다 착수에 있다

튀어 내리지 못 하면
이번 생은 실격이다

담쟁이

고속도로 방음벽
잎 다 떨군 담쟁이
빼곡히 적어 올라간
자기소개서 한 장 다 썼다

한 땀 한 땀 박음질 하듯
정직하게 살아온 노정기에는
위조 불가능한 그 만의
손금을 닮은 물길이 보인다

발원하여
쉼 없이 흘러 왔을 뿐
저 벽 넘어 윤회輪廻의 끝은
묻지마라, 한 호흡 내 쉬면 홀연 사라지는
한숨 같으니

달리는 차 창 앞으로
바람이 넘겨주는 책장

행간을 읽으며 간다

삽목

꽃병 속의 물은
싱거웠다
거세된 것들만 삽입하므로

창으로 들어오는
한 줌의 햇살이 아까워
부풀려 보는 아랫배

꽃병은 몰랐다
제 배가 왜 둥근지

예수나 석가처럼
스스로 잉태하는
신령스런 힘이 있다
그 이름 삽목

거두절미
심심한 것을 견뎌야만
지혜를 만날 수 있지

좀 더 기다려 보렴
천 년에 한 번

실뿌리처럼 돋아나는 한마디가
오늘 너를 배부르게 할지도 몰라

목련

우리 집 마당가에
이런 친구 산다

허무를 알고
풍류를 알아
박수 칠 때 떠날 줄 아는
내 맘에 딱 드는 술친구

야~ 나와
백 목련 나와!

쥐똥나무

허 허 순응입니다
적응 하려 했다면
산촌에 남았지요
서당 문 닫았는데
꼿꼿한 회초리를
어디에 쓸까요
지장보다 못한 도장을
제 몸에 새긴들
누가 돌아보나요

상투 풀고 머리 자른 이도
자결을 택한 이들 못지않게
비장한 결심 이었을 터
관공서 아파트 울타리나
공원 담벼락 대신으로 사는 것이
부끄러워해야 할 일인가요

경비원이라 불러도 좋고
쥐똥나무라 불러도 좋습니다만
숨기고 사는 제 이름 남정목입니다
이름 값 대로 살고픈
남정목입니다*

* 쥐똥나무의 다른 이름.

찔레꽃

당신 머리의
삼베 한 조각은
꽃잎 다 떨군 꽃받침

초등학교 겨우 마치고
구로공단 가발공장 여공으로 피었다

스무 살 새색시가
교통사고 병수발로 십여 년
식당일 마트 점원 일로 시들다

오늘은 화장장
당신 누워계신 3번 화덕으로
불 들어갑니다

들숨을 데우는 초여름
걸음을 붙잡는
까끌한 울음
찔레꽃

기찻길

누에를 닮았구나
뽕잎을 펼쳐 놓은 듯 푸른
풍경을 먹으며 달린다

철로 아래 시냇가에서
멱 감으며 손 흔들어 주던
검정 조약돌을 만나러간다

기차가 지나 갈 때마다
아까시 잡목 덤불에 바람이 인다
그때마다 달뜨는 건
사춘기 깨복숭이들

철도원 큰 이모부의
각 잡힌 모자와 완장이 아직 청춘이다
절도 있게 들었다 놓는 저 깃발

풍경을 남기며
기차는 간다

잇는다

풍문으로 들었다
탁란하여 아들을 얻었다는
가출 손녀의 이야기

제단 앞에 절 하듯
엎드려 모를 잇는 저 노인

먼저 세상 버린 아들의 곡조인가

논둑길 옆
산으로 이어지는 오솔길
뻐국 뻐국 뻐국
새어나오는 선소리

마음자리 빈 곳에
소문을 잇는다

5부

통로

댓바람에 눈 떨어진다
눈 알갱이 하나하나가
나는~이라고 말하려다가
깜박 사라진다

다들 어디로 갔을까
문 열어 보니
우리는 여기~ 하며
온 세상 아득하게 함성 지른다

막사 앞 연병장에 집합
밤 새 쌓여가던 호각소리
하얀 현기증이 인다

빗자루 들어
오솔길을 만들어 본다

나를 찾아오는
통로 하나 뚫어 놓는다

꿈꾸는 바람
— 김영식 형을 생각하며*

꿈꾸는 바람은 멈추지 않는다
바람개비가 돌고
풍차를 돌리고
그 앞에서는 거대한 범선마저
찻잔 속의 일엽편주

쉬지 않는 바람은
대지와 숲을 여행하며
푸른 생기를 선물하고
들꽃을 피우는 순례자가 된다

히말라야 설산에 나부끼는
룽다와 타르초도**
지침 없이 불어주는
바람이 없다면 오색 천 쪼가리일뿐

바위 위에 전설을 새기고
무심한 돌을 쌓아 탑을 만들 듯이
꿈꾸는 바람만이 마침내
뭇 생명들의 영혼을 일깨운다

* 산악인 티벳 오지학교 탐사대 대장.
** 티벳에서 장대와 줄에 걸어놓는 깃발.

나목裸木

큰 아이가 스무 살
내 나이 오십

내 부고장이 풍문으로 떠돌아도
그리 서운해 하지 않겠다

있는 그대로를 인정하고 살라는 말이
포기하고 살라는 말로 들려
뜬눈으로 시들어간다

잎사귀 하나 없는 창 밖 나목을 본다

허공에 목탄화처럼 그려간 선들
휠자리는 휘고 뻗을 자리는 뻗으며
견고한 중심을 잡고 섯구나

나무처럼 유연할 수 있다면
나무처럼 냉정할 수 있다면…

넋두리

힘 빼고 살자 결심한 이후로
좀 뻔뻔해 질 수 있었다
뻔뻔함을 유연함이라고
둘러 댈 수 있을 만큼 쿨해졌지만
시를 쓰자고 종이를 펼치면
다시 힘이 들어가는 막막함
때 늦은 헛일 같기도 하고
옛 사람 이미 다 말했다 싶어 회의도 들고
어디 넋두리라도 하고 싶은데
'넋두리'라는 말이 자꾸만 입에 붙는다
누가 들어주건 말건
쏟아내고 싶은 것
시를 쓴다는 것도 넋두리 아닐까
뻔뻔한 생각에 이르자
한결 가벼워진다
김수영 선생이 살아 돌아와
내 얼굴에 침을 뱉는다면
그날 밤 나는 다시 넋두리 하고 있겠지

예쁘게 산다는 것

예쁘게 산다는 건
간접 조명 같아
나는 너를 비추고
너는 나에게 반사해 주는
은은한 배려 같은 것

예쁘게 산다는 건
기다림에 익숙해지는 것
체온을 나누며 손님들은
순서를 기다리고
강아지 보리마저*
엎드려 주인 마음 헤아린다

엄마는 딸을 비추고
따님은 엄마에게 감사하며
가위 든 손을 나풀나풀
나비처럼 손 날개 치면
기다리던 사람 모두
꽃으로 피어나게 하는 곳

예쁘게 사는 법이
기억에서 가물거릴 때면

나는 그곳으로 간다
단골 미용실로 간다

* 쿠 미용실에서 기르는 강아지

관음觀音을 보다
― 변창 식당에서

아침을 여는 식당
새벽부터 나그네의 허기진 신음을
제 무릎 위로 고스란히 받아내고 있다

차가운 바닥에 맨발 뒤꿈치
살이 갈리는 통증을 삼키며
민며느리 부엌살이로
더 낮아져야 하는 의자들

마음이 닿는 곳에
소리가 보이지

의자의 발마다 연두색 고무신
인연을 맺어준 이 누구신가

매일 부어터지도록 얻어맞는 볼
그물 장벽을 넘나들며 살아야 했던 생
시퍼렇게 멍든 공, 비명을 보듬어
가픈 호흡을 재우는 慧眼이 있다

배 고프고 쉬 고프고
고프다는 헛헛한 바랑에

한 그릇 온기를 담아주는 손길이 있다

네가 덜 아파서
나도 덜 아플 수 있는 지혜를
베풀어 주시는 千手千眼

고향 친구라는 이름으로
번번이 공짜 밥을 공양해 주시는
보살님을 만난다
觀音을 본다

주연배우

도로변 전봇대를
칡넝쿨이 칭칭 감았다
환삼덩굴이 척척 덮었다

그 모습 정복자처럼
우쭐 하구나

그래 보아야
너의 키는 딱 전봇대 높이

길 건너 산은 소나무 숲
마을 뒷동산은 참나무 숲
설악으로 가는 길목에 자작나무 숲
숲 이름에서 네 이름 찾을 수 없다

홀로 설 수 있어야
함께 설 수 있지
주연 배우 명단에
네 이름 찾을 길 없다

진수식

백지 한 장 인생
앞면을 연습장으로 다 써버렸다

어쩔 수 없지
연습이 없는 삶
이제야 알게 된 것을

낙담하다 뒤집어 보니
다행이다
이면지로 반쪽 남았다

무엇으로 채우나
불면증을 앓다가
빈속을 끓이다가
종이배로 접는다

소심한 후회

쇠비름 개망초 광대나물 바랭이…
마당가에 잡초를 뽑는다

결국 함께 갈 수 없다고
그런 나그네들이라고 생각했다면
처음부터 통성명하지 말 것을

악수를 나누며 건네진 온기가
아직 말초에 남아 있는데
지갑 속에 차곡차곡 모아 놓은 명함들
꺼내보면
다시 만날 사람 몇이나 되나

공연하게 휴지통으로 던져버린
욕심과 체면의 수인사
알고 보면 다 사연 있고
나쁜 사람 드물 듯이
도감 펼쳐 보면
약초 아닌 잡초 없는데

미워서가 아니다
쓸모없어서도 아니다

>

있는 그대로를 사랑할 수 없어서
내 마음 온전히 다 줄 수 없어서
산란한 마음 번잡해서 뽑는다

보는 이 없어도 괜시리 아픈
마당가 풀을 뽑는다

잔설

어쩌면 음지에서 살다가
양지로 떠나는 건지 몰라
밭고랑 사이에 기왓골 사이에
남아 있는 잔설들을 봐

먼저 떠난 이들은 양지에 잘 도착 했을까
남아 있는 우리는 언제 떠날 수 있을까

친구가 떠나고
영감이 떠나고
자전거를 굴리며
사계절 마을 둘레를 공전하던
고진이 골 안 씨도 떠났다

나고 죽음만 놓고 보면
일 년 이란 시간이 턱없이 길다

마주치는 촌로들 머리카락이 희다
걸음걸이마저 허방을 딛고
승천하는 아지랑이 같다

슬며시 전화기를 꺼내 안부 묻는다

단독주택 거실 그늘에서
잔설처럼 남아 버티고 계실
그분들 생존에 신호를 보낸다

풍토병

오늘 아침 밥상 차림

한 고봉 쌀밥 국 한 그릇
나물 한 접시 김치 한 사발
그 옆에 김 서너 장 그 모습
꼭 바깥 풍경을 닮았다

산이라야 밥 한 그릇 고봉 같고
호수는 국 한 그릇
들녘과 포구는
한 눈에 들어오는 반찬 접시

광활하지 않은 이 산천이
아기자기 오종종하게 이쁘다던
친구는 끝내 머리를 깎았다

독한 맘먹어도
독해 질 수 없는 풍토병
앓을 만큼 앓아서
독은 버리고 맘만 낳아 오시게

장마

칠흑을 한 빗줄기가
장막처럼 드리운다

텅 투닥 탕 투둑
뒤뜰에 감나무
낙태를 하는 밤
제 가슴으로 다 받아내는
함석지붕
깊게 파인 가슴골
폭포처럼 쏟아내는 설움

앞세워 셋 유산하고
다시 딸만 셋 얻었다는
아랫집 아주머니
불면증 앓는 소리 들린다

시골 장

오일장이 서는 아침
정류장 성긴 의자에
엄마들 옹송그리며 앉았다

어디 가셔유?
물어보나 마나

장두 보구 병원두 가구
병원두 가구 장두 보구

꺼먹 봉다리 말아 쥐고
삐걱거리는 걸음마다
서걱거리는 주머니 속
무심코 받아 넣은 병원 발 번호표
돌아가시는 길에는 순서가 없고

살 것은 없는데
볼 일만 많은
시골 장은
아픈 장!

문진

딱 딱 딱 따르르르
앞산 참나무 숲
딱따구리 선생 회진을 돈다

입 다문 채
우두커니 서 있는 저 나무
사철 고개 들고 상긋 올려보는
고갯마루
기다리는 사람 쉬 오지 않더라
정류장에 내리는 사람 없고
자식 떠난 품 깊이 옹이지는 그리움

딱 딱 딱 따르르르
구멍 하나 뚫는다
새 소식 들라고
편지 함 하나 만든다

딱 딱 딱 따르르르
나무들 빗장 푸는 소리 들린다
엄마들 대문 여는 소리 들린다

설날 아침

내 앞에 놓여 있는 가래떡 한 줄
외나무다리 같다

눈 속에 파묻힌 산중 협곡
천 길 낭떠러지를 건너는 나그네
내딛는 발걸음 움츠려드는데
그루터기 잘린 목을
조여들어 오는 나이테

멈춰라~
오늘을 기다려 칼을 갈았다
네놈을 베어 국을 끓여 먹으리

한 그릇 가득 했던 원한을 풀고
홀연히 떠나는 삿갓 쓴 방랑자

등 뒤로 내리는 함박눈은
발자국을 지우고…

서성이다

산중 고찰 경내에
머무는 나무는 고목이 되고
산비탈 계곡 따라
떠나는 물은 바다에 닿는다

한자리에 오래 머문 다는 것과
쉼 없이 멀리 흐른 다는 것은
모두 지극한 합장

언제던가
죽을 만큼 치열해본 적이

생의 절반
머물지도 떠나지도 못해
절집 마당 서성이는
그림자가 있다

빈 자리

'항구의 이별'을 부르며
생의 고락에 장단 맞추던
삼십년 터울 술친구가
흙으로 돌아갔다

심지 빠진 양초
그늘 없는 공원
벌목 되어 버린 산

그의 자리가 빔으로
남은 건
생기 잃은 거죽

누구냐
사랑하는 것 마다
먼저 앗아가는 저
소름 돋는 비웃음

헐거워지는 거처
쌓여가는 빈자리에
무서리처럼 내려앉는 우울

>
안개 짙은 늦가을
허무의 바다를 건너고 있다

비 오시는 날

가물다가
반가운 손님
비 오시는 날

기와집 봉당마루에 앉아
빚은 막걸리 나눠 마신다

취기가 눈두덩이로 차오르면
앞산 봉우리도
막걸리빛 물안개에 잠기고

비바람 슬쩍
취기를 걷어가면
앞산 이마 다시 밝아진다

취했다가 깨었다가
물안개 몰려왔다 사라졌다

권주가로 흥이 오르면
나 뭣 하는 놈인 줄 몰라
눌러앉은 자리 바위가 되고

>

앞산도 제 흥에 취해
신선이 머문 듯 깊어진다

출범出帆

유종인 시인

출범出帆

유종인 시인

　어디에나 끝내 무산되지 않고 끝내 가려질 수만은 없는 만남이 있는가보다. 바위로 큰 길을 막고 큰물로 개천의 다리며 징검돌들을 휩쓸어가도 끝내 건너다보게 되는 사람과 금수禽獸와 사물이 있게 마련이다. 숨탄것들 모두는 예전부터 각자의 도생圖生이 있기 마련이었으나 때로 길이 떠올라 그 길을 가게 되어 새로이 마주치는 도생圖生이 있나보다. 그리하여 세상은 각자도생이라는 무시무시한 말로 험한 세상의 풍속을 단축해 이르지만, 꼭이 그런 것만이 진실의 전부만은 아닌 모양이다. 어느 땐 우연처럼 만나 서로의 도생을 지긋이 마주하고 들여다볼 때가 있다.

　그와 만나게 된 담양潭陽은 정자와 대나무의 고장, 송강 정철 면앙정 송순宋純의 고장이지만 내게는 당대의 한 의연한 친구를 만나는 고장이기도 하다. 무슨 거창한 마련이나 대단한 전제가 있었던 것은 아니다. 그저 소박하게 마주한 중년의 교우가 담양의 한 집필실에서 재장구치듯 이루어졌을 따름이다. 거기 고양이, 거기 개들, 거기 선생님들, 거기 듬쑥하고 넉넉한 항아리들, 햇빛과 별빛, 어떤 문장보다 고요하고 새뜻한 11월의 무서리들. 그리고 이것들보다 말하여지지 않아서 더 그윽하고 미쁜 것들의 둘레와 자연 풍물들.

그는 바람냄새가 몸에 밴 그만의 행색으로 정이 헤매이고 온 사람의 씩씩한 모습으로 왔다. 흡사 늦깎이 무사武士의 행장과 스타일을 안고 왔다. 동년배들이 무언가 많이 놓치고 있는 결기를 그는 여전히 사내의 기상처럼 지니고 있는 듯도 했다.

오래된 새로운 동무의 말 됨됨이가 그간엔 나와 떨어져 오솔길처럼 나와 다른 결을 지니고 마치 내게 다니러 온 마련만 같았다. 그런 교우 중에 그의 스파게티 요리는 새뜻하고 구성진 맛이 느껴졌다. 기억은 좀 흐릿하지만 그만의 수제 소소인가 무슨 천연조미료를 특별히 마련해 접시들에 사려 내놓은 그의 손길엔 살뜰함마저 드리웠다. 무사武士 같은 눈썰미가 요리 레시피에서도 나름의 융통성을 발휘한 맛의 개가가 아닌가 싶었다. 한마디로 담양 으늑하고 깊은 산골에서 마주한 흰 접시 위의 스파게티는 인연의 면발처럼 타래져 있었다. 씩씩하기는 쉬워도 다감하기는 쉽지 않은데 그는 그 둘을 갈마들고 있었다. 남녀를 구분할 필요는 없겠지만 무뚝뚝한 듯 보이는 그의 일면과는 달리 그의 손맛은 아기자기하기까지 했다. 그의 시가 그러할까. 속속들이 다 살펴 알아갈 일은 짐짓 늦깎이처럼 근래에 시작된 것이 아닐까.

우리는 글이 잘 뜸이 들여지지 않는 핑계로 담양의 풍광을 도모하곤 하였다. 환벽당과 환산정과 면앙정, 소쇄원, 명옥헌은 그의 기동력 좋은 철마가 아니었으면 불가능한 승경勝景 유람이었다. 그는 묵묵히 그런 절승과 정자亭子와 고택 정원에 당도하게 해주었다. 정작 그런 유려한 풍취도 좋은 것이었지만 그 풍경 속에 놓여있는 적막한 실재實在도 가만히 좋은 것이었다. 예전엔 저마다의 걸음걸이였을 텐데 이제는 견주듯 서로 보폭을 의식하며 걷는다는 공간감이 괜찮은 거였다. 담양호 근처의 도넛 가게에서는 입가에 설탕가루를 묻히며 적막과 소소한 농담을 나누었다. 그가 시내에 잘 되는 도넛 가게를 새로 내볼까 농담 반 진담 반 말을 꺼냈을 때 세속도 좋고 탈속도 별반 다르지 않은 좋은 거였다. 그 둘은 분별이 아니라 서로 친구 먹기 좋은 사이였다. 담양호 저쪽 물가 끝자락 쪽으로 백로 두어 마리가 제 그림자를 수면에 드리운 채 날아가고 있었다.

그러나 어느 덧 오십 줄에 접어든 박 시인에게 앞뒤 안 가리는 새파란 무사의 칼춤보다는 주변 이웃을 살뜰하게 굽어보는 다수굿한 눈썰미가 더 어울릴 때도 있다. 달리 특별할 것도 세상에 튀는 인기도 없지만 그렇다고 삶이 구차하거나 비루한 것만은 아니란 것을 그는 스스로 알아가며 비감에 젖을 때도 있다. 지천명知天命은 그래서 박형욱에게 그만큼의 삶의 우여곡절을 나름의 시운詩韻으로 돋을새김할 만한 인생의 소슬한 이정표를 요구했는지도 모른다.

예쁘게 산다는 건
간접 조명 같아
나는 너를 비추고

너는 나에게 반사해 주는
은은한 배려 같은 것

예쁘게 산다는 건
기다림에 익숙해지는 것
체온을 나누며 손님들은
순서를 기다리고
강아지 보리마저
엎드려 주인 마음 헤아린다

엄마는 딸을 비추고
따님은 엄마에게 감사하며
가위 든 손을 나풀나풀
나비처럼 손 날개 치면
기다리던 사람 모두
꽃으로 피어나게 하는 곳
　　　　―「예쁘게 산다는 것」 부분

　대단하거나 중뿔날 것도 없는 숨탄것들끼리 서로를 '간접
조명'같이 '나는 너를 비추고' 또 '너는 나에게 반사해 주는'
너나들이 인심이 돈독해지는 경우도 끌밋한 삶이라고 한
다. 그럼에도 뭔가 아득하고 요원한 갈증이 도사린 일상을
'기다림에 익숙해지는 것'으로 한층 더 은근해지고 '체온을
나누'며 존재의 '순서를 기다리'는 것으로 내성耐性을 지녀
가는 것이 그에겐 '예쁘게 산다는 것'일 수도 있겠다. 미용
실에서 우리가 흔히 볼 수 있는 풍경들의 그 내밀한 풍정風

情을 어느 날 지긋하고 따스하게 보았을 시인의 눈길은 스무살 청춘시절의 '이데올로기 과식'(시 「남은 이력」)을 넘어 완숙해지는 지경만 같다.

생의 가장 예쁜 꽃을
딱,
한 번
피우고 싶다

이제 거울 앞에서 돌아서자
눈을 뜨자

생에 딱 한 번
웃다 가도 좋다
― 「눈을 뜨다」 부분

　삶의 어느 특정 시점에서부터 시를 썼다고 확언하는 말은 왠지 그럴 듯해 보이지만 어딘가 경솔해 보인다. 꼭이 경직되게 문학의 어느 창작 시점을 말하지 않더라도 형욱은 어쩌면 그가 의식하지 못하는 삶의 저 먼 옛일로부터 시를 경모景慕해 왔던 것은 아닐까 생각해 본다. 그렇지 않다고 막연하게 말하는 사람에겐 생소한 예술의 한 장르이자 고상한 취미의 경우이겠지만 어쩌면 그에게 시詩는 그가 예전부터 여러 다른 일들을 하며 살아오면서도 거느렸던 삶의 내밀한 결들 중의 하나가 아닐까 싶다. 산림과 관련된 일을 하고 그가 관심을 기울였던 농업 및 임업을 기반으로 한 소규

모 공동체적 삶을 시험하는 동안에도 시는 그의 또 하나의 정신적 살림의 일부가 아니었을까. 좋은 일이 있고 없고 무망無望한 시간이 한정없이 지속될 거 같은 시절 속에서도 언제 왔는지 모르고 어떤 특별한 언질과 매력을 발산했는지 불분명하면서도 곁을 지켜준 듯한 시의 뉘앙스를 그는 낙락하게 품었을 듯싶다. 그런 나름으로는 오랜 동숙同宿의 인연과 뜸들임을 거쳐 그는 '생의 가장 예쁜 꽃'을 바라보는 시점에 어느덧 다달았다. 그 찬연한 도착의 시점은 어둑한 저녁이어도 한낮의 밝음이 있다.

자기연민과 자기 폄하 같은 지난날의 숱한 지리멸렬한 되새김질을 물리듯 '이제 거울 앞에서 돌아서'고 오롯이 자기 응시凝視의 늠늠한 정신의 보폭을 가지려는 듯 '눈을 뜨자'고 그는 새삼 다짐하고 있다. 그것은 곧 그가 걸으려는 시의 다짐이기도 하리라. 무릇 시라는 것이, 그 어떤 경향의 시이든 간에 매순간 자기 자신에게 눈 뜨는 일이 아니고 무엇이랴. 더불어 세상과 자신, 이웃과 자신을 둘러싼 존재의 주변과 사물을 향해 눈을 떠가는 과정의 발견이 아니고 무엇이겠는가. 그 발견물로써의 시詩를 도도록이 쌓아온 그간의 여정을 되돌아보는 것은 어쩌면 내가 그를 만나기 이전의 삶을 엿보는 소슬함이 없지 않다. 친구가 되기까지 친구의 삶의 이모저모를 그윽이 헤아리는 지점에도 그의 시는 소박하고 진솔하게 놓여있다.

> 한자리에 오래 머문다는 것과
> 쉼 없이 멀리 흐른다는 것은
> 모두 지극한 합장

언제던가
죽을 만큼 치열해본 적이

생의 절반
머물지도 떠나지도 못해
절집 마당 서성이는
그림자가 있다
— 「서성이다」 부분

　우리는 오십 줄에 들어서 만났다. 담양은 그 일합—合의
일회—會가 맺어진 곳이다. 예로부터 그 나이를 지천명이라
고 하나, 내가 아는 것은 글이 잘 되지 않는 시간이 지나도
배고픔은 거의 정확하게 찾아온다는 거였다. 술과 밥과 국
과 소박한 반찬들, 봄날에 채취한 죽순이 적막한 식욕을 위
로하곤 했다. 천명을 알지 못하고 그 천명이 뭘까, 궁금해
지는 나이에 겨우 다다른 나이였다. 그러할 때 박시인과 주
변 들판을 거닐고 헤맸다. 넓게 보면 그의 표현대로 '서성
이'는 일이었다. 무언가 마음에 잘 맺히지 않는 깨달음 부스
러기라도 만져보자 스스로를 흔드는 일이 그 서성임의 영
역에 드는지 몰랐다. 시인이 영민하게 일갈한 것처럼 '한 자
리에 오래 머문다는 것과/ 쉼없이 멀리 흐른다는 것은/ 모
두 지극한 합장'이라는 통 큰 시야를 그는 끝까지 가져갈 것
이라 믿는다. 바람 부는 논둑길에서 혹은 수초가 그득히 번
져 거무스레 으늑해 보이는 저수지 둑방에서 우리는 무슨
말을 나누었던가. 아마 서로의 가슴에 귀를 기울이는 동안

숱한 바람과 햇빛과 그늘, 구름의 바뀌는 체위와 빛깔 속에서 번져오는 자연의 무늬를 존재의 문양으로 바꿔보려 하지 않았을까 싶다.

어쩌면 우리는 '머물지도 떠나지도 못'하는 순간을 매일 반복하며 자신의 그림자를 어찌 새로운 무엇으로 바꿔볼까 자꾸 서성이는 일을 멈출 수 없을지도 모른다. 어쩌면 그런 자신을 보고 느끼면서 멀리 가까이 내다보는 생각의 언저리를 시로 바꿔보려 할지도 모른다. 어떤 결단력보다 오래되고 인간적인 서성임을 시인이 스스로 받아들이듯이 그는 삶의 한가운데서 시를 추인하고 추진해 나갈 것이다. 몇 해 전 초겨울 들판 한구석에 핀 들풀을 설명해주는 그의 남다른 식견을 듣고 있으면 벌써 그 등짝에 야생화 도감이 인화돼 있는 듯하다. 그런 그는 이 대자연의 작고 소소한 것과 크고 듬쑥한 것을 가리지 않고 숨탄것들 속에 자리하고 있었다. 그가 작은 식물들을 더 잘 보라고 말없이 준 루페 돋보기는 그래서 더욱 이색적인 선물이었다. 무엇이나 그가 겸손되이 낙락하게 소중하게 키워온 시詩의 은화식물이 이젠 그늘과 양지를 가리지 않고 점차 세상의 척박한 곳으로 당당하게 나아가 사람들의 황량함을 적셔줄 것이다. 그런 도량이 그를 더욱 진전케 하리라.

> 무너지며 포기하려는 산을
> 부축하기 위해
> 나무는 비탈에서도
> 수직으로 힘을 쓰고 있다

손잡고 함께 걸어가는

황혼의 동반자는

나무가 일으켜 세운 푸른 산처럼

영원히 젊다

— 「나무의 부축」 부분

그의 출범은, 그 시작詩作으로나 삶으로나 새삼스런 지금 당장의 것만일 수는 없다. 오히려 오래된 새것처럼 새삼스러운 것일 수도 있다. 그럼에도 이정표를 세우듯 다시금 그의 시의 뱃전을 건너다보며 눈길이 깊어지는 것은 모종의 반가움 때문이다.

나 모르게 아니 남모르게 '무너지며 포기하려는 산'같은 마음을 '부축하'는 것은 그 산이 품고있는 '나무'들이다. 형욱이 그렇지 않을까 싶다. 존재를 굽히고 주눅 들게 하는 온갖 것들을 향해서도 굴하지 않고 '수직으로 힘을 쓰'는 올곧고 다감한 나무 같은 시인이 형욱에게는 원래 심겨져 있다. 산이 외따롭지 않은 건 그 나무들 때문이며 그 나무들이 간난과 황폐함을 물릴 수 있는 건 웅숭깊고 넉넉한 산이 있어서다. 시인은 산인지 혹은 나무인지 모른다. 산이어도 좋고 나무여도 좋다. 그 관계 속에 시운詩韻이 너나들이할 수만 있으면 더할 나위 없으니까.

세속의 형식적인 추인이 아니더라도 그의 여기 모인 시들은 충분히 세간으로 떠나보낼 그윽한 시의 물목物目으로 큰 부족함이 없다. 내가 모르는 삶의 여사여사한 곡절과 사연을 실은 그의 시편들을 일별하다 보면 어느 순간에 가슴 한켠이 따뜻해지려하고 어느 지점에선 뜬구름 같은 인생의 허망을 다독이는 다수굿한 선풍仙風이 없지 않다. 마른 목을 축이는 탁배기 한 사발을 들이키다 말고 문득 이것이 구름의 속내일까 잠시 멈칫하기도 하고, 시끌벅적한 어느 식당의 밥 때에 모인 장삼이사의 투박하지만 정겨운 풍경에 목숨의 여울이 느껴져 울컥하기도 한다. 모두 모였다 선선히 흩어지고 어느 적막의 순간에 정겨운 모임의 소란이 그립기도 하다. 그가 친구가 되기 전에 그는 그 나름의 세상의 한켠에서 이 세상의 시간들과 동무가 되어 온 것이다. 형욱이 자신의 애마 위에 얹고 다니는 카누를 샛강 위에 띄우듯 그의 시편들과 함께 본격적인 장도壯途를 유의미하게 노櫓저어 가리라. 박시인이 머뭇거림의 닻을 걷고 시의 돛을 올렸다. 그의 시적 출범에 행운과 뜻깊음과 도도함이 있어라.

박형욱

박형욱 시인은 충북 충주에서 태어났고, 2000년도에 귀농하여 밤나무 농장을 운영하는 한편, 시 쓰기에 전념하고 있다.

박형욱 시인의 첫 번째 시집인『이름을 달고 사는 것들의 슬픔』은 그의 나무숭배사상이 육화된 시집이며, 이 나무숭배사상에 의해서 시인 자체의 삶, 즉, 예술 자체의 삶을 살아가고 있다고 할 수가 있다. 산을 일터로 삼고 살아가는 박형욱 시인, 그의 마음은 나무—부처이고, 이 나무—부처의 힘으로 모든 만물을 다 품어 기른다.

이메일 : wookong21@hanmail.net

박형욱 시집

이름을 달고 사는 것들의 슬픔

발   행   2021년 3월 29일
지 은 이   박형욱
펴 낸 이   반송림
편집디자인   김지호
펴 낸 곳   도서출판 지혜 • 계간시전문지 애지
기획위원   반경환 이형권
주   소   34624 대전광역시 동구 태전로 57, 2층 도서출판 지혜 (삼성동)
전   화   042-625-1140
팩   스   042-627-1140
전자우편   ejisarang@hanmail.net
애지카페   cafe.daum.net/ejiliterature

ISBN : 979-11-5728-435-1 03810
값 9,000원